I0551287

Nº 39

DISSERTATION

SUR

LES MOYENS DE CONSERVER LA SANTÉ

ET

DE PRÉVENIR LES MALADIES ;

PRÉSENTÉE ET PUBLIQUEMENT SOUTENUE
A LA FACULTÉ DE MÉDECINE DE MONTPELLIER,
LE MARS 1815;

Par François DESQUIVES,

De CAUNA, Département des Landes.

POUR OBTENIR LE TITRE DE DOCTEUR EN MÉDECINE.

Scire tuum nihil est, nisi te scire hoc sciat alter.
PERS., sat. 1, v. 27.

A MONTPELLIER,

CHEZ JEAN MARTEL AINÉ, SEUL IMPRIMEUR DE LA FACULTÉ DE
MÉDECINE, PRÈS L'HÔTEL DE LA PRÉFECTURE, N.º 62.

1815.

A

Mon ONCLE aîné, Prêtre,

Comme un témoignage de ma reconnaissance.

DESQUIVES.

AVANT-PROPOS.

Désirant ne pas être tout-à-fait inintelligible à mes lecteurs, qui ne sont pas médecins, une dissertation sur l'hygiène m'a paru remplir ce but : elle renferme le tableau succinct des idées que la lecture et les leçons de divers maîtres ont laissées dans ma mémoire. Je n'en cite aucun, parce qu'il me serait difficile de rappeler les endroits où je me suis servi de leurs opinions ; d'ailleurs, je ne crois pas les avoir fait assez bien parler, pour qu'ils soient jaloux de leurs droits.

DISSERTATION

SUR

LES MOYENS DE CONSERVER LA SANTÉ

ET

DE PRÉVENIR LES MALADIES.

L'HYGIÈNE est l'art de conserver la santé et de prévenir les maladies : on devrait ajouter, je crois, de guérir quelquefois et de favoriser toujours la guérison ; car l'homme sain et l'homme malade reconnaissent son pouvoir. Pour maintenir ou rétablir la santé, il faut diriger, d'une manière convenable, les six choses qu'en termes de l'école on nomme non-naturelles ; ces six choses sont : 1.º l'air ; 2.º les alimens ; 3.º le mouvement et le repos ; 4.º le sommeil et la veille ; 5.º les humeurs retenues ou évacuées ; 6.º les passions de l'âme.

De l'air.

Nous considérons dans l'air quatre états généraux : la froideur, la chaleur, la sécheresse et l'humidité ; chacun de ces états ne s'y trouve pas exclusivement aux autres, mais combiné deux

à deux, combinaison qui produit l'air froid et sec, l'air froid
et humide, l'air chaud et sec, l'air chaud et humide.

A. L'air froid et sec augmente l'appétit, favorise la digestion ;
resserre le ventre, rend le pouls fort, dur, mais lent, dispose
aux hémorrhagies actives, aux inflammations de même espèce ;
la respiration ne change pas, à moins que son impression ne
soit très-intense ; le sang est plus épais et moins vif ; la peau
se contracte, devient sèche, absorbe et transpire peu ; l'absorption muqueuse et interstitielle sont accrues ; les urines plus abon-
dantes ; la somme totale des excrétions est diminuée ; cependant
il n'y a point d'embonpoint apparent, mais le corps est mieux
nourri, plus pléthorique ; les mouvemens sont plus énergiques,
moins prompts ; la sensibilité est engourdie ; l'air froid et sec
rend lestes et alègres ceux qu'une atmosphère humide énervait
auparavant ; il fortifie l'économie ; mais cette qualité ne s'aper-
çoit que chez les personnes bien nourries, bien vêtues, et
dont l'organisation n'est pas détériorée par quelque maladie :
cette température nuit aux indigens et aux personnes cachec-
tiques, qu'elle affaiblit. Pour résister au froid, il faut user
d'alimens sains et nourrissans, de liqueurs spiritueuses avec
modération, de vêtemens secs et chauds ; ajoutez à cela l'exercice et l'habitation dans des appartemens convenablement
échauffés. L'air froid et sec est efficace dans les fièvres putrides,
dans les maladies atoniques, lorsque la faiblesse n'est pas excessive ou générale ; il s'oppose à la propagation des maladies
contagieuses. L'air froid et sec est nuisible dans les inflammations idiopathiques, dans le traitement mercuriel.

B. L'air froid et humide porte le trouble et le désordre dans
la digestion et la circulation : le sang est moins excitant, l'absorption cutanée plus active, comme le démontre la fréquence
des maladies contagieuses ; la transpiration presque nulle, l'absorption intérieure languissante, le corps plus loud, comme bouffi,
l'imagination moins brillante, les mouvemens sont plus lents.
Cette constitution de l'air est fertile en fièvres intermittentes,

sur-tout à type quarte , en affections catarrhales , scrophu-
leuses , scorbutiques , en hydropisies ; ce sont particulièrement
les pauvres qui en reçoivent une fâcheuse impression. Si l'air
n'est que frais , en même temps qu'humide , il conviendra aux
phthisiques dont l'irritation est excessive. Des alimens faciles à
digérer et fortifians , un vin généreux ou toute autre liqueur
stimulante, des habits secs et chauds., des frictions sèches et
aromatiques., du feu, un exercice régulier , lutteront avec succès contre cette cause destructive.

C. L'air chaud et sec irrite les organes, accélère leurs mouvemens. L'appétit est ordinaire, la digestion facile ; le sang cir-
cule avec beaucoup de rapidité , irrite plus qu'il ne fortifie : de
là les symptômes d'une fausse pléthore. La peau est plus rouge,
la respiration plus fréquente , l'absorption extérieure considé-
rablement augmentée ; la contagion s'étend avec facilité. Le corps
maigrit , la transpiration est très-copieuse , les urines sont rares,
épaisses , très-colorées, la locomotion est plus libre qu'énergi-
que , les pertes sont à peu près en équilibre avec l'assimilation ,
lorsque cet état de l'air est modéré. Les maladies bilieuses, les
éruptions cutanées , les affections nerveuses, coïncident avec un
air chaud et sec. Ceux qui sont atteints de maladies chroniques
avec tuméfaction , hydropisie, les scrophuleux , les scorbutiques,
les vérolés se trouvent bien de cette température. Les phthisiques
nerveux , les dartreux ,doivent chercher un air moins irritant ;
pour le rendre plus doux , on arrosera souvent la chambre avec
de l'eau fraîche. Dans les fièvres bilieuses, putrides et malignes,
les inflammations de poitrine , cette pratique sera salutaire.

C. Le relâchement des solides , l'inertie des mouvemens , sont
les effets de l'air chaud et humide ; la faim est tardive , l'estomac
paresseux , les excrémens sont plus abondans , d'une consistance
moindre ; le cœur a perdu sa force , le pouls est mou et rare, la
respiration moins active , la peau absorbe avidement , les urines
et les sécrétions muqueuses suppléent à la diminution de la
transpiration ; cependant les matières sorties par les divers

émonctoires n'égalent pas celles qui ont été introduites. Toutes les parties sont plus humides, la graisse s'accumule, la faiblesse des muscles succède, les évacuations épuisent davantage, une atonie générale en est la suite. Les fièvres putrides intermittentes, pernicieuses, la dysenterie, sont favorisées par un air chaud et humide ; il hâte la putréfaction des corps organisés et sans vie. Cette température sera un correctif pour ceux dont la sensibilité est exaltée, en qui les mouvemens organiques sont trop rapides ; elle sera contraire dans les cas où la faiblesse domine. On rend l'air chaud et humide, en échauffant un lieu clos et en y mettant de l'eau en évaporation.

D. Les vents n'étant autre chose que l'air agité, il est à propos d'en parler ici. Nous ne nous occuperons que des vents cardinaux.

Les vents des pôles sont froids, voici comme nous l'entendons: les personnes qui habiteront entre l'équateur et le pôle septentrional, trouveront le vent du nord froid et celui du midi chaud ; l'inverse aura lieu pour ceux qui vivront entre la ligne et le pôle austral, nous faisons abstraction des changemens qu'apportent les lieux. Le froid absolu du vent du midi est même plus rigoureux que celui du nord ; quant aux vents d'est et d'ouest, il est impossible d'établir de règle générale ; ils reçoivent leurs modifications des localités. Peut-être que le premier est absolument plus chaud et plus sec que l'autre. Entre les tropiques, ils sont beaucoup plus chauds que ceux du pôle. Que le vent soit froid ou chaud, sec ou humide, l'atmosphère agit alors plus puissamment qu'à l'état de calme.

E. Puisque nous modérons par les vêtemens les qualités froides ou chaudes de l'air, l'on doit toujours être couvert relativement à la température ; l'instinct seul nous le dit, mais la vanité l'emporte souvent sur la bienséance et la raison. Combien de femmes qui sacrifient leur santé au caprice d'une mode ridicule et indécente ! Malheur à celles qui adoptent une nudité dégoûtante indistinctement en tout pays, en toute saison ! La plupart périront de maladies aiguës ou chroniques de poitrine. Malheur encore à celles qui se torturent jour et nuit avec des corsets ou des buscs pour relever leurs grâces ! Malheur enfin à celles qui serrent trop leur ventre , soit pour cacher un commerce illicite, soit pour rendre à la taille l'élégance que la gestation vient de lui enlever. Le cancer des mamelles , l'apoplexie, les inflammations de poitrine et du bas-ventre de toute espèce, l'avortement, des pertes de sang mortelles , sont autant de maladies qui vengeront la nature et la morale outragées. Il est très-important que les enfans ne soient pas au maillot comme dans une étroite prison; l'usage des bretelles est nuisible aux enfans , sur-tout s'ils sont disposés au rachitis. Un gilet , aux parties latérales duquel s'attache la culotte par deux boutonnières , est l'habillement qui leur convient jusqu'au moins à l'âge de sept ans. Beaucoup de personnes se plaignent de cors aux pieds , d'ongles rentrés dans la chair; ces maladies, très-douloureuses mais sans danger pour la vie , proviennent d'une chaussure étroite ; le moyen de les prévenir est tout simple. Le second précepte pour s'habiller de la manière la plus favorable , c'est une juste aisance , lorsque le corps n'a pas de direction vicieuse. Dans plusieurs pays , on va presque toujours nu-pieds ; malgré l'habitude , c'est une imprudence : sans compter les blessures extérieures, les rhumes, les rhumatismes , la sciatique, lui doivent leur origine. On ne saurait assez recommander de tenir les pieds chauds et secs. Il y a moins d'inconvéniens à n'avoir pas la tête couverte ; cependant on s'exposerait beaucoup, si l'on négligeait cette précaution après la coupe des cheveux. Un air frais et humide, comme on le voit le matin et le soir , l'insolation , ont produit des ophthalmies, la cécité, la phrénésie. D'ailleurs , le choc des corps est amorti par une coiffure quelconque ; sous ce rapport, le chapeau , soit pour homme, soit pour femme, est la plus convenable.

F. A l'influence de l'air , nous assimilerons celle des saisons. Nous rapprochons l'hiver de l'air froid et sec; l'automne, de l'air

froid et humide ; l'été se remarque , tantôt par la chaleur et la
sécheresse, tantôt par la chaleur et l'humidité ; le plus ordinairement, par le premier état ; le printemps nous parait la saison la
plus favorable à la santé ; cependant le passage d'une saison à
l'autre n'est pas subit ; les premiers jours de celle qui commence,
ressemblent aux derniers de celle qui a précédé, tandis que la fin
est semblable au début de la suivante. Il n'y a donc que les jours
moyens de chacune de ces époques qui soient bien caractérisés ;
en sorte qu'il vaudrait mieux diviser l'année en saison froide et
en saison chaude , relativement à l'air. Mais les saisons n'agissent
pas seulement par les qualités qu'elles lui impriment : la durée de
la lumière, sa vivacité, sont des stimulans dont le pouvoir est en
raison directe de leur intensité ; enfin , les diverses productions
de la nature , envisagées comme alimens ou comme accessoires ,
nous rendent compte des mutations qu'éprouvent les êtres vivans
à chaque période de l'année.

G. Après les saisons, les climats doivent fixer notre attention.
Nous distinguons trois sortes de climats : les climats froids, les
climats chauds, les climats tempérés. Les climats froids appartiennent aux zones glaciales , les climats chauds à la zone tor-
ride , les climats tempérés aux zones du même nom. Les climats
sont d'autant plus froids qu'ils s'approchent des pôles, et d'autant
plus chauds qu'ils s'en éloignent. Les climats n'ayant de pouvoir
que par les modifications de l'air et les productions de la nature ,
nous mettrons les premiers au rang de l'hiver. Nous rappro-
cherons les seconds de l'été , et les derniers du printemps. Il
est essentiel d'observer que le climat qui n'est froid , chaud
ou tempéré que par comparaison, produira les mêmes effets
que s'il l'était d'une manière absolue.

H. Les pays sont élevés, enfoncés ou plats. Sous ce triple
rapport, ils offrent des différences qu'il faut connaitre. Les pays
élevés sont secs et froids ; les pays enfoncés sont froids et humides,
ou chauds et humides ; les pays de plaine tiennent le milieu , et
sont plus propres au tempérament général de l'espèce humaine.

On conseillera l'émigration dans un pays élevé, à ceux qui pêchent par défaut de ton. Ceux au contraire qui sont trop irritables, se trouvent mieux dans un pays bas. Les pays n'auront les qualités que nous leur assignons, qu'autant qu'ils seront hauts, bas ou plainiers, relativement aux pays circonvoisins. Les réflexions que nous venons de faire à l'égard des pays, s'appliquent aux lieux sans restriction.

I. L'air peut être tempéré, le climat heureux, le pays et le lieu favorable, et néanmoins l'atmosphère être comme empoisonnée. Telle est celle qu'on respire autour des marais, dont le limon se dessèche l'été, ou reste couvert de trop peu d'eau. Les voiries, les cimetières, les camps lui communiquent des qualités malfaisantes. Se soustraire aux causes délétères, ou détruire leurs effets, voilà toutes les indications à remplir pour éviter les maladies qui en résultent. Dessécher les marais, purifier les salles infectées par les fumigations guitoniennes, les vêtemens ou autres objets par le lavage, la ventilation simple à l'air libre et pur, les fumigations sulfureuses; combattre les miasmes introduits, ou empêcher leur introduction par des cordiaux, une nourriture saine, la propreté et la fermeté d'âme, tels sont les remèdes qu'indique l'hygiène. Nous terminerons ce paragraphe, en assignant les lieux qui méritent la préférence pour l'établissement d'une maison, et la manière la plus favorable dont elle doive être construite pour la santé. Si vous devez vivre dans un pays bas et humide, choisissez l'endroit le plus élevé, et exhaussez le terrain s'il ne l'est pas assez; éloignez-vous de tout amas d'eau considérable, si elle est stagnante; ne surchargez pas d'une multitude de grands arbres les alentours de votre maison; d'un côté, ils attireraient l'humidité; et de l'autre, ils empêcheraient les rayons du soleil de pénétrer dans vos appartemens. Ne laissez pas séjourner, auprès de votre demeure, du fumier, des débris végétaux ou animaux. Ne soyez pas avare de portes et de fênetres, afin que l'air puisse être renouvelé facilement; que tous les compartimens soient tellement liés, que l'air et la lumière y abordent à volonté. Si c'est un pays froid et sec, l'élévation du site est contr'indiquée, sauf les cas particuliers où elle serait de rigueur. Que la maison, dans ces deux cas, soit tournée vers le soleil. Si le pays est chaud et sec, ou chaud et humide, la position élevée sera la meilleure; que la maison regarde le nord.

Des Alimens.

Les alimens sont solides ou liquides, tirés du règne végétal ou du règne animal. Les minéraux ne fournissent que des remèdes, des assaisonnemens et des poisons. Les alimens tirés des végétaux forment, pour la plupart des hommes, la base de leur nourriture. Ceux que donnent les animaux sont les plus nourrissans. Il en est de même des liquides. Nous comprendrons dans six divisions les alimens solides tirés des végétaux, et dans trois les substances alimentaires animales. Les liquides formeront trois sections.

A. De toutes les substances végétales, les farineuses sont les plus nourrissantes. Le froment tient le premier rang. La panification lui ôte de sa qualité nutritive, mais elle en rend la digestion plus aisée. L'usage veut qu'après le froment l'on emploie le seigle; néanmoins, l'orge, le maïs donnent plus de matières alibiles. La bouillie faite avec le millet est très-peu restaurante; on ne devrait y recourir que dans le besoin. L'avoine, aliment pour quelques peuples, donne beaucoup de force. Les pommes de terre et les châtaignes sont peut-être les substances amilacées les plus nourrissantes; mais la difficulté de les digérer, leur saveur moins attrayante que celle du pain de froment, les laisseront dans un rang bien inférieur à celui-ci. Dans les lieux où se cultive le riz, il est le plus estimé après le froment. Le sagou, le salep, le vermicelle sont éminemment nutritifs: les deux premiers conviennent sur-tout dans les maladies consomptives. Les haricots secs, les lentilles, les fèves, les pois, sont des légumes qui nourrissent beaucoup, mais dont la digestion est pénible. Ils occasionnent des gonflemens venteux. Sous l'influence d'un régime farineux, le sang devient plus abondant, plus épais, moins vif; le pouls plus fort, plus lent; les facultés intellectuelles s'émoussent, les passions sont moins impérieuses, les mouvemens locomoteurs plus forts, mais tardifs; l'indolence prédomine. Ce régime sera bien ordonné, quand il s'agira de nourrir et d'éviter ou de modérer l'excitation des organes. La crême, les gelées d'orge, de gruau, remplissent ce but dans la dernière période des maladies aiguës. Il conviendra dans les névroses qui dépendent d'une débilité très-profonde, jointe à une sensibilité et une irritabilité exquise. Il sera contr'indiqué toutes les fois qu'il faudra diminuer la pléthore, abattre les forces, dans les scrophules, lorsque les fonctions digestives sont affaiblies.

B. Les alimens sucrés sont d'autant plus nutritifs, qu'ils contiennent plus de sucre, car c'est le plus nourrissant des principes végétaux. Il est rare, dans nos climats, d'en faire notre principal comestible. Les substances sucrées les plus communes sont les figues, les dattes, les raisins secs, les pruneaux desséchés, les prunes vertes de reine-claude, de grosse mirabelle; les abricots, les betteraves, les carottes, le miel, etc. La digestion des corps sucrés est très-facile. Ils nourrissent plus que les farineux à volume égal. Le miel est purgatif, sur-tout s'il est amer. Il est adoucissant ou stimulant, suivant les circonstances où on l'emploie. Il doit être regardé comme un médicament.

C. L'huile fixe caractérise les alimens huileux. Le cacao, les amandes douces, les noix, les noisettes, les graines de pavot, de hêtre, les olives, sont de ce nombre. Leur propriété relâchante nuit à leur vertu nutritive. Ils sont indigestes, sur-tout quand ils sont introduits immédiatement dans l'estomac. La circulation est débilitée, le corps devient humide, la bile augmente, la transpiration est huileuse. Les pertes sont moindres, le chyle se répare vite, s'ils sont bien digérés; la pléthore ne se manifeste pas; les muscles perdent de leur vigueur et de leur agilité; le caractère devient apathique. La diète huileuse convient aux gens nerveux et irritables. Voilà pourquoi le chocolat plaît davantage aux habitans du midi. On devinera sans peine les cas où elle est pernicieuse.

D. Les substances mucilagineuses dont on se sert vulgairement, sont les gommes, la scorsonnère, le salsifix, le panais, les navets, les choux, la blette, les topinambours, les asperges, le céléri, la chicorée, les laitues, la mâche, les épinards; les haricots et les pois verts, la mauve, les citrouilles, le concombre, le melon, le cardon. Plusieurs de ces substances, outre le mucilage, contiennent de la fécule verte, néanmoins nous les mettons dans le même cadre, parce qu'elles ont une faculté nutritive analogue. Les mucilagineux nourrissent peu, excepté les gommes; ils débilitent en relâchant. Les asperges, le céleri passent pour excitans. Les premières portent sur les voies urinaires. Les mucilagineux rendent le pouls faible et mou, modèrent les passions. On les conseillera aux personnes dont la fibre est sèche et irritable, que des passions fougueuses maîtrisent. Ils seront proscrits dans la faiblesse générale, l'hydropisie, la fièvre putride, les hémorrhagies passives.

E. Les alimens acidules sont plutôt des médicamens que des matériaux alibiles. Les acides en constituent la base. Les citrons, les oranges, les grenades, les pêches, les groseilles, les raisins frais, les prunes récentes, les framboises, les fraises, les pommes, les poires, l'oseille, les confitures, les gelées faites avec ces fruits, sont de leur domaine. Ces alimens sont pour l'ordinaire faciles à digérer, ils augmentent même l'appétit; pris en trop grande quantité, ou avec une mauvaise disposition des organes, ils pervertissent la digestion, agissent comme purgatifs. Les alimens acidules ralentissent le cours du sang, diminuent la chaleur, font maigrir, sont tempérans; portent à la peau ou excitent les urines, suivant que l'atmosphère est chaude ou froide, suivant aussi qu'ils sont pris chauds ou froids; le sang se renouvelle avec peine; le caractère devient paisible et lent, la force musculaire est affaiblie. Ces alimens sont employés avec fruit dans les pays et les temps chauds, dans les fièvres bilieuses, dans le début des fièvres putrides, dans les hémorrhagies actives, les obstructions abdominales. L'oseille convient dans le scorbut. La diète acidule est nuisible dans les maladies chroniques avec atonie générale, dans les maladies aiguës, lorsque le sujet est très-irritable.

F. Le caractère des substances fibreuses est l'abondance et la compacité de la fibre musculaire. Telle est la viande de bœuf, de mouton, de lièvre, de perdrix, en un mot, de tous les vieux animaux quadrupèdes ou volatiles. Les animaux coureurs, les oiseaux qui se distinguent par un vol très-élevé et long-temps soutenu, tous ceux dont la chair est noire et sèche, échauffent davantage, et contiennent plus de matière assimilable sous le même volume : les viandes salées et rôties sont plus excitantes que celles qui sont fraîches et bouillies. Les alimens fibreux se digèrent bien, lorsqu'ils n'excitent pas trop de chaleur intérieure. Le porc frais sur-tout est très-indigeste, mais très-nourrissant. Les alimens fibreux donnent au pouls de la fréquence et de la vitesse, impriment au moral de la dureté et de la cruauté, s'opposent à l'accumulation de la graisse, ajoutent à la force des muscles. Les flux de bile sont plus fréquens, les organes génitaux plus excitables; l'urine est peu abondante. Les alimens fibreux conviendront dans les scrophules, le rachitis, dans toutes les maladies atoniques sans irritation, pourvu que les organes digestifs remplissent bien leurs fonctions. Ils seraient meurtriers dans les inflammations et les hémorrhagies actives, au moins dans la première période, dans le commencement des fièvres, dans les névroses accompagnées d'un tempérament sec et irritable.

G. La gélatine est le principe dominant des alimens gélatineux. Tous les tissus blancs, la chair des jeunes animaux, comme le veau, l'agneau, le poulet, les grenouilles, les tortues, les limaçons, les huîtres, les moules, sont de ce nombre. La digestion en est laborieuse, hormis les huîtres qui l'accélèrent. Le chyle se répare bien, les excrémens sont plus humides et plus copieux, la diarrhée s'ensuit quelquefois. Les bouillons de veau, de poulet, sont laxatifs. Ces alimens fournissent beaucoup de sang, ralentissent la circulation ; le corps devient turgescent, lymphatique ; le moral est languissant. Les bouillons de veau et de poulet sont propices aux phlegmasies aiguës. La gélatine est recommandée depuis peu dans les fièvres intermittentes. On emploira les préparations gélatineuses, pour combattre la consomption, les maladies réputées acrimonieuses. Elles seraient contraires dans les fièvres muqueuses, putrides, malignes, dans les maladies chroniques avec relâchement général.

H. Les œufs et les poissons sont moins nourrissans que les substances animales, ils sont plus légers et point excitans lorsqu'ils sont frais ; ils conviennent dans les convalescences. Les œufs me paraissent plus substantiels que les poissons ; les poissons salés et de mer sont plus excitans que les poissons frais et d'eau douce. Les poissons salés sont les plus échauffans, ils doivent être interdits aux estomacs faibles et irritables, aux convalescens. Les œufs gâtés pourraient empoisonner subitement, si leur odeur infecte ne déconcertait les goûts les plus dépravés.

I. Il existe des substances qu'on mêle aux alimens, soit pour les rendre plus agréables, soit pour favoriser leur digestion. Ces substances sont salines, sucrées, acides ou aromatiques. Toutes sont plus ou moins excitantes. Leur usage est plus nécessaire dans les pays chauds que dans les pays froids. Leur abus peut causer la faiblesse par excès d'excitation, détruire l'appétit, enflammer les organes digestifs. Ces substances sont le sucre, le sel de cuisine, le suc de citron et de limon, la cannelle, le poivre, le clou de girofle, la muscade, le gingembre, le persil, l'ail, l'oignon, la ciboule, l'estragon, l'échalotte, le thym, le fenouil. Il n'est point de sauce dans laquelle une ou plusieurs d'entr'elles ne soient mises. Je remarquerai que moins il y aura de ragoûts dans un festin, et mieux il vaudra pour la santé.

Les liquides sont les dissolvans et les véhicules des solides nous distinguerons l'eau , les liqueurs végétales et les liqueurs animales.

K. L'eau est le menstrue universel le plus fréquemment employé. Elle ne nourrit pas: son action ordinaire est de diviser , de charrier les alimens solides. Elle acquiert des qualités stimulantes ou relâchantes , selon sa température. L'eau pour boire doit être limpide , point chaude , sans odeur , d'une saveur fraiche , bien aérée; il faut qu'elle tienne peu de sels en dissolution , et qu'elle les dépose difficilement. On trouve ces qualités à l'eau de pluie, à celles qui sont courantes, qui roulent sur un lit pierreux ou sablonneux, aux eaux de fontaine qui jaillissent à travers un sable blanc. L'eau de puits est la moins potable , parce qu'elle est moins vive , plus séléniteuse , mais elle est préférable pour faire le pain. Si , indépendamment des divers sels , l'eau était mêlée à des matières putrides , il faudrait la clarifier par la distillation ou la filtration. L'eau distillée est pesante , parce qu'elle a perdu de l'air ; il serait utile de l'agiter avant de la boire. La filtration s'opère au moyen de sablon très-fin , ou de jarres à filtrer , ou mieux de charbon de bois pulvérisé. Ce dernier procédé est le seul bon pour dépouiller l'eau des substances putrides combinées.

L. Toutes les liqueurs végétales sont stimulantes. La plupart nourrissent en même-temps. L'esprit-de-vin , l'eau-de-vie , le vin, le poiré , la bière , le cidre , produisent des degrés d'excitation différens. Les deux premières sont les plus fortes. La faiblesse succède bientôt à leur stimulus. Les vins où domine l'alcool sont les plus généreux , tels sont ceux du midi. On les dit secs quand l'alcool n'est pas adouci par un principe sucré ou muqueux. Si l'extracif y réside en très-grande proportion , ils sont acerbes, astringens. Le vin de Bordeaux en fournit un exemple. Les vins sucrés sont très-nourrissans et excitans ; les vins d'Espagne , de la Calabre , de Frontignan , etc., sont de ce nombre. Les vins où l'on trouve beaucoup d'acide tartareux , malique , acétique, sont aigrelets , désaltérans ; mais faibles : les vins du Rhin nous offrent ces qualités. Les vins mousseux que donne la Champagne sont remarquable par l'acide carbonique ; ils énivrent facilement, mais cette ivresse n'est que momentanée. Les vins de Bourgogne tiennent le milieu ; ils sont moëlleux et valent mieux pour l'usage ordinaire. Les vins blancs sont capiteux, portent leur action sur les nerfs et les voies urinaires; ils jouissent au plus haut degré de cette propriété, s'ils sont secs ; en général, le vin rouge doit être préféré pour le service habituel. Le vinaigre étendu d'eau désaltère, fait suer ou uriner, suivant que l'atmosphère est chaude ou froide, suivant que le liquide lui-même est chaud ou froid. Les propriétés communes aux liquides alcooliques sont d'élever le pouls, d'accélérer la circulation, de porter à la peau, d'inspirer de la gaîté, de rendre les idées plus promptes et plus brillantes, de faciliter la digestion, d'augmenter la force et l'agilité, de corriger les qualités malfaisantes de l'eau. Les excès en ce genre de boissons produisent l'ivresse, l'apoplexie, les tremblemens, la paralysie, des inflammations, la perte de l'appétit, le cancer de l'estomac, l'amaigrissement, l'hydropisie, la combustion spontanée, etc. La bière, le poiré, le cidre, l'hydromel ont moins d'énergie que les liqueurs précédentes. La bière est diurétique et anti-scorbutique, on prétend qu'elle engraisse. Le cidre et le poiré causent des aigreurs, disposent aux affections muqueuses, donnent des vents, purgent ceux qui n'en ont pas l'habitude. Nous dirons, en passant, que le thé et le café sont très-stimulans, qu'ils ne conviennent pas aux gens nerveux, qu'à la longue le premier débilite l'estomac; que tous les deux seront utiles dans une indigestion, que le dernier dissipe l'ivresse.

M. Le lait, le beurre, la graisse sont les seules liqueurs animales que l'on emploie communément. J'ai mis le beurre et la graisse au rang des liquides, parce que l'on s'en sert presque toujours dans cet état. Au reste, liquides ou solides, ils ont la même vertu. Ils appartiennent aux alimens huileux dont nous avons parlé. Le lait se digère ordinairement bien ; il est tantôt laxatif, tantôt il constipe par suite du relâchement. La diète lactée amortit les passions, adoucit les mœurs, énerve le courage, produit une obésité lymphatique, diminue la force. Le lait sera toujours très-bon pour calmer ou détruire des affections dartreuses, des maladies de poitrine chroniques marquées par une grande irritation. L'usage a consacré le lait d'ânesse; cependant, s'il est plus nécessaire de combattre l'épuisement que l'éréthisme, celui de vache et de brebis valent mieux. On assure que le lait de chèvre est stimulant; sous ce rapport, il conviendrait dans la phthisie tuberculeuse, dans l'atrophie mésentérique.

Du mouvement et du repos.

Les exercices sont actifs ou passifs. Les premiers sont renfermés dans la marche, le saut: la natation, l'équitation, la voiture, la navigation comprennent les seconds. L'exercice fait avant le repas augmente l'appétit; après, il facilite la digestion, pourvu qu'il soit modéré; car, s'il est trop violent ou trop long-temps continué, il en résulte des effets contraires. L'exercice doit être proportionné à la force du sujet, à l'habitude, à la saison. Pris de cette manière, la distribution des fluides se fait mieux, la transpiration est augmentée, les membres deviennent plus souples, les mouvemens plus libres. Les exercices paisibles, comme la promenade à pied, le billard, l'équitation, la voiture, conviendront aux personnes débiles, convalescentes; les exercices violens, tels que la chasse, la paume, le volant, la danse, l'escrime, l'équitation au trot, le cahot d'une voiture non-suspendue et roulant sur un sol inégal, ne peuvent être avantageux qu'aux gens bien portans et robustes. Ils seraient cependant très-utiles dans les hydropisies pectorales ou abdominales, les obstructions viscérales qui ne sont pas accompagnées de faiblesse extrême. Ils seraient nuisibles aux individus affectés d'une hernie mal contenue, d'un anévrisme des gros vaisseaux ou sujets à l'hémoptysie. C'est moins par l'exercice que par le

changement d'air ; que la navigation agit sur l'économie vivante.
Nos organes seraient bientôt détruits, s'ils étaient sans cesse en
action. Leur repos excessif produit l'inappétence, la faiblesse,
l'anchylose, des maladies nerveuses dont une grande susceptibilité
fait le caractère. Il serait naturel de parler ici des professions ;
mais l'étendue de cet opuscule, mon ignorance à cet égard, ne
me le permettent pas. Je dirai seulement, qu'il ne suffit pas
d'avoir du penchant pour tel ou tel état ; il faut encore qu'il
soit en rapport avec la force et la susceptibilité physique de la
constitution. Consultez donc auparavant un médecin éclairé, si
vous avez le choix d'un état. Vous risquez autrement d'être
obligé de l'abandonner, ou de périr victime de votre entête-
ment. On voit presque toutes les mères de la classe aisée forcer
leurs enfans à marcher avant le temps, et tirer vanité de leur
imprudence. Qu'arrive-t-il ? que ces enfans, trop faibles pour
supporter leur corps, se courbent et restent estropiés pour la
vie, si la mort n'en est pas la suite. Qu'elles imitent plutôt
les femmes de la campagne, qui les laissent se rouler, culbuter
à terre, jusqu'à ce que d'eux-mêmes ils prennent leur essor.

Du sommeil et de la veille.

Le sommeil est plus nécessaire à l'enfant et à la femme
qu'à l'homme, à la jeunesse qu'à la vieillesse. La durée générale qu'il doit avoir est de cinq à sept heures pour les adultes;
la circulation et la respiration sont plus lentes et plus régulières ;
l'absorption extérieure plus active ; les urines et les évacuations
alvines plus rares ; la nutrition se fait mieux ; la locomotion
est nulle ; le sommeil trop prolongé cause la faiblesse, engourdit
les facultés de l'âme ; l'excès dans la veille produit l'irritation,
la maigreur, la fatigue, diverses affections spasmodiques. Pour
que le sommeil soit tranquille et bienfaisant, il doit être modéré,
pris dans un lit ni trop dur ni trop mou, qui soit placé dans
un lieu obscur et silencieux. Les personnes nerveuses se trou-

feront bien d'une couche un peu dure; en général, des matelas
de laine cardée ou de crin, valent mieux que la plume. Les
maladies éruptives, la fièvre putride maligne, sont aggravées
par la chaleur étouffante du lit.

Des humeurs retenues ou évacuées.

La santé ne saurait durer long-temps, sans l'harmonie des
fonctions. Si la transpiration est diminuée ou supprimée, il faut
rétablir son cours par les bains et les frictions; les bains froids
assouplissent la peau, donnent du ton aux organes; il faut,
pour en retirer du fruit, que la personne ne soit ni trop faible,
ni trop sensible; que ceux qui ont la poitrine délicate ne prennent pas de bains froids, les bains chauds seuls leur conviennent;
si les bains sont trop chauds, ils peuvent déterminer l'apoplexie;
sur-tout chez les gens sanguins. Les frictions douces, sèches,
aromatiques, fortifient la peau et l'aident à remplir ses fonctions;
toute la machine animale en éprouve d'heureux effets par sym-
pathie: de là, l'utilité des gilets de flanelle dans le rhumatisme
et la goutte; trop rudes, les frictions sont suivies de douleur,
d'éruptions cutanées. On a vu la surdité produite par la cire
des oreilles; l'extraction de cette matière, en désobstruant le
conduit auditif, l'a guérie radicalement. La chassie pourrait
peut-être, par son âcreté, amener l'ophthalmie, si on la laissait
séjourner trop long-temps. Voulez-vous conserver vos dents,
prévenir ou corriger la maladie des punais, ôtez de temps en
temps le tartre qui les couvre; faites arracher celles qui sont
cariées, avant qu'elles n'aient gâté les autres; gargarisez avec
de l'eau pure, ou légèrement spiritueuse, ou aromatique;
reniflez-en de même composition; la mastication du tabac, du
bétel, la fumée de la pipe, loin de conserver les dents, les
usent plus vite; la salivation épuise certaines personnes, déprave
la digestion; une espèce d'ivresse s'empare de ceux qui font
un pareil usage de tabac avec excès ou pour la première fois;

Les sternutatoires violens peuvent déterminer l'apoplexie, l'hémoptysie, la rupture d'un anévrisme interne.

Le lait de femme est celui qui convient le mieux à l'enfant ;
et sur-tout celui de la mère; elle ne doit donc se dispenser de
l'allaitement, devoir si doux pour les âmes bien nées, que par
la crainte de donner au nourrisson une maladie contagieuse ou
héréditaire, ou par les empêchemens de son état; ceci dit assez
les précautions qu'il faut apporter dans le choix d'une nourrice.
La femme qui a du lait et qui s'abstient de nourrir, s'expose
aux plus grands dangers: les abcès, le cancer des mamelles et
de la matrice, des inflammations, sont les suites assez communes de sa barbarie ou de la nécessité. L'allaitement trop prolongé est nuisible à la femme sans être profitable à l'enfant ;
si l'on est réduit à l'allaitement artificiel, il sera nécessaire de
couper le lait des animaux avec une légère décoction d'orge ou
autre, pendant les premiers mois.

L'urine doit être rendue à mesure que le besoin se fait sentir;
sans cette attention, on favorise les formations des calculs, des
inflammations de la vessie. La copulation est un acte excitant ;
mais s'il est précoce ou immodéré, la consomption dorsale,
la phthisie pulmonaire, la paralysie, l'impuissance, le priapisme, l'imbécillité en sont les résultats. Je ne parle de la masturba-
tion, que pour attirer la vigilance des pères et mères sur un vice
si destructeur et si commun aujourd'hui dans les enfans. Le coït
peut guérir les obstructions des viscères engoués, les scrophules,
l'hystérie, la nymphomanie; les personnes disposées à l'apoplexie, ayant un anévrisme interne, feront bien de s'en abste-
nir, si elles ne veulent courir le risque de périr subitement. Les
hémorrhagies doivent être respectées, lorsqu'elles ne sont pas
très-abondantes, sans utilité, incommodes ou suivies de faiblesse,
nous en en exceptons l'hémoptysie. Il arrive que les femmes se
plaignent de l'abondance de leurs règles; cet accident vient tantôt de l'abus des droits du mariage, d'une nourriture échauffante,
de la mauvaise habitude des chaufferettes, tantôt d'une mauvaise

nourriture, d'un air humide, malsain, de tout ce qui débilite. Ces dernières causes produisent plus souvent les fleurs blanches; dans l'un et l'autre cas, il suffit de les détruire, pour faire disparaître la maladie. La malpropreté des parties génitales de l'un et de l'autre sexe, produit quelquefois des écoulemens qui jettent de mauvais soupçons. La constipation tient quelquefois à ce qu'on n'a pas d'abord satisfait au besoin d'aller à la selle; la cause indique le remède préservatif. Les femmes enceintes, les personnes d'une constitution apoplectique ou qui sont affectées d'anévrisme interne, doivent toujours avoir le ventre libre. La diarrhée immodérée est funeste aux femmes grosses. Enfin, il ne faut supprimer tout émonctoire naturel ou artificiel, qu'avec de grands ménagemens, lorsqu'ils existent depuis long-temps.

Des Passions.

Voulez-vous juger de l'influence destructive des passions, comparez le simple et paisible habitant des champs avec l'opulent et inquiet citadin. Trop heureux le premier, s'il connaissait son bonheur! Les passions font périr un grand nombre d'hommes et hâtent la mort de la plupart; nous les rapportons toutes à deux classes : dans la première, sont les passions excitantes, telles que la colère, la joie, l'amour, le courage, l'espérance; la seconde comprend les passions débilitantes, comme la peur, le désespoir, la tristesse, la haine, la jalousie. Les passions de la première classe augmentent les forces circulatoires et musculaires, la transpiration et la chaleur. La colère, la joie subite et immodérée, peuvent donner la mort sur-le-champ ; ces passions paraissent agir immédiatement sur le cœur : de là tant de maladies de cet organe, si difficiles à connaître, et presque toujours incurables. L'amour, outre les altérations physiques, produit très-souvent, quand il est excessif, vicieux, contrarié ou malheureux, des dérangemens moraux : la mélancolie, la folie dans les deux sexes, le satyriase, le priapisme chez l'homme ; l'hystérie, la nymphomanie chez la femme, viennent fréquemment de cette source : la consomption et la mort sont le complément de tant de maux. L'espérance et le courage sont l'unique soutien des malheureux : avec de pareilles armes, il n'est point de maladies qu'on ne puisse arrêter ou vaincre. La colère est une passion toujours pernicieuse, qu'il n'est pas permis de faire jouer dans aucun cas ; il est des circonstances où l'amour légitime est utile ; on conseillera, par ex., le mariage à certaines femmes hystériques, nymphomanes, à ceux qui ont la mélancolie amoureuse, qui sont devenus scrophuleux par continence. Les passions débilitantes portant la gêne dans toutes les fonctions, principalement dans la circulation et la respiration, la digestion languit, l'absorption extérieure est plus facile, les mouvemens sont faibles, lents, timides ; la peau est décolorée, les yeux sont ternes et abattus, ou sombres et farouches. La peur cause rarement la mort, mais elle produit la syncope, l'épilepsie, des flux énormes de bile, la jaunisse. Il est très-dangereux de s'en servir pour la guérison du somnambulisme. Elle obtient plus de succès chez les maniaques dont on veut arrêter la fureur. Le désespoir et la tristesse habituelle font empirer les maladies, les rendent quelquefois mortelles, donnent plus de prise à celles qui sont contagieuses. La tristesse habituelle cause la mélancolie avec penchant au suicide. La nostalgie ne se guérit sûrement que par le retour dans sa patrie. La jalousie et la haine minent peu à peu ; les viscères du bas-ventre s'engorgent, si l'on ne les étouffe pas de bonne heure. Les nerfs sont les premiers affectés par cette classe de passions. Ce sont des vices que la thérapeutique et la morale réprouvent également. Non - seulement le moral influe sur l'organisation, le physique modifie encore les affections de l'âme sans la maîtriser. Que les hommes sanguins, jeunes, robustes et bien portans soient naturellement plus courageux, plus enclins à l'amour, plus inconstans, plus bouillans ; que ceux dont le système bilieux est plus actif soient plus colères, plus opiniâtres, implacables, l'observation semble le prouver ;

mais la raison, l'éducation et la morale tiendront toujours ce naturel sous leur dépendance. Eh ! où en serions-nous, si chacun pouvait imputer ses égaremens à l'organisation particulière de son corps? Que faut-il donc penser du fameux système cranologique ?

OBSERVATION.

Outre les choses non-naturelles, lorsqu'on veut prescrire un régime, il est essentiel d'avoir égard à l'âge, au sexe, au tempérament, à l'état de santé ou de maladie. Il faut se rappeler que l'âge adulte, l'homme, le tempérament sanguin et le tempérament bilieux sont remarquables par la force ; que la vieillesse, les enfans, la femme, le tempérament nerveux, lymphatique, ont pour attribut la faiblesse; que la pléthore appartient plus spécialement à l'homme adulte, au tempérament sanguin; la bile à l'homme mûr, à la constitution bilieuse; que la sensibilité est l'apanage des enfans, des femmes, des vieillards, du tempérament nerveux; enfin, que l'air et les alimens agiront, comme nous l'avons déjà dit, ou d'une manière mixte, suivant leur stabilité ou leurs combinaisons.

FIN.

PROFESSEURS

DE LA FACULTÉ DE MÉDECINE.

M. J. L. Victor BROUSSONNET, doyen.

M. Antoine GOUAN, *honoraire.*

M. J. Antoine CHAPTAL, *honoraire.*

M. J. B. Timothée BAUMES.

M. J. Nicolas BERTHE.

M. J. M. Joachim VIGAROUS.

M. Pierre LAFABRIE.

M. A. Louis MONTABRÉ.

M. G. Joseph VIRENQUE.

M. C. F. V. Gabriel PRUNELLE.

M. A. Pyramus DE CANDOLLE.

M. Jacques LORDAT.

M. C. J. Mathieu DELPECH.

M. Joseph FAGES.

www.ingramcontent.com/pod-product-compliance
Lightning Source LLC
Chambersburg PA
CBHW061735180626
46818CB00006B/2634